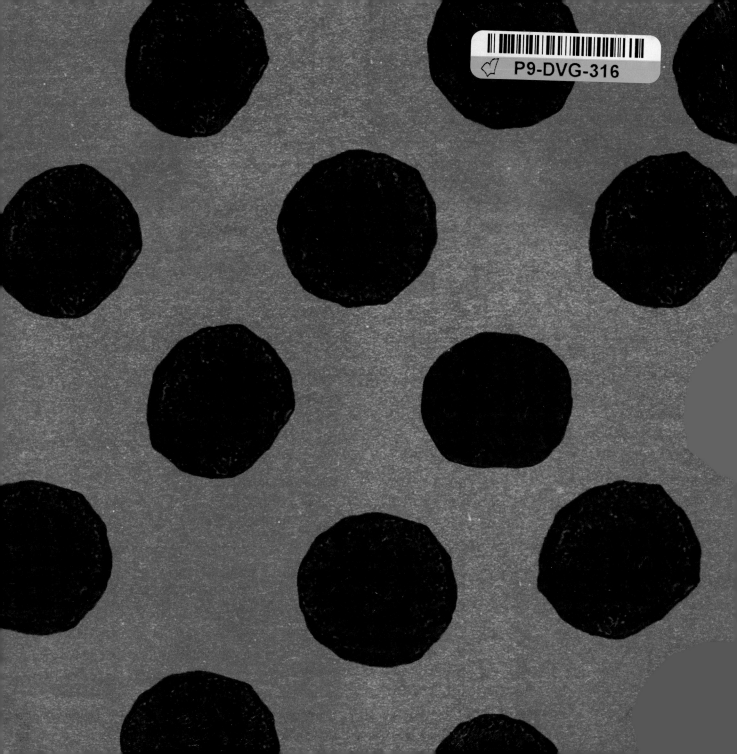

IGOR

IGOR

Campeón de los Minijuegos

Guido van Genechten

Los Minijuegos incluyen los deportes más pequeños del mundo. Aunque para los atletas con lunares ¡son los más importantes de todos!

Los Minijuegos se celebran cada cuatro meses. Entre cada competición los atletas entrenan muy duro. Corren, saltan, levantan pesos y nadan.

Hacen cientos de flexiones y abdominales.

Al final todos llegan en plena forma. Igor entrena sus pequeñas cuerdas vocales.

Cuando por fin llega la fecha,
un antiguo campeón enciende el pebetero
de los Minijuegos con una antorcha.

El presidente del Comité de los Minijuegos
da la bienvenida a todos. Dice que participar
es más importante que ganar y desea a todos
los participantes mucha suerte.
Al final anuncia:

—¡Que empiecen los Minijuegos!

Deportistas de todo el mundo entran
en el estadio muy animados. Igor compite
por primera vez. Por eso encabeza la comitiva
y lleva la bandera de los lunares.

Los Minijuegos acogen muchos deportes.
Como el salto de altura… pero Igor todavía es pequeño.
(Se necesitan patas muy largas.)

Y para el salto de longitud Igor
sabe que hay que saltar mucho.
(¡El récord de los Minijuegos es de 89 milímetros!)

¿Y la gimnasia? ¿Quizá las anillas o la barra de equilibrio? Buf, un poco complicado para Igor.

¡Todos esos saltos mortales y volteretas
parecen muy difíciles!

A Igor le gusta el ping-pong.
Pero la mesa aún es un poco alta para él.

Y las pesas son demasiado pesadas.
Quizá en el futuro.
Cuando sea grande y fuerte.
(Y haya hecho muchas flexiones y abdominales.)

0167 GR

UN,
DOS

Ahora mismo, Igor pesa menos que
una hormiga y es demasiado pequeño.

Pero es perfecto como…

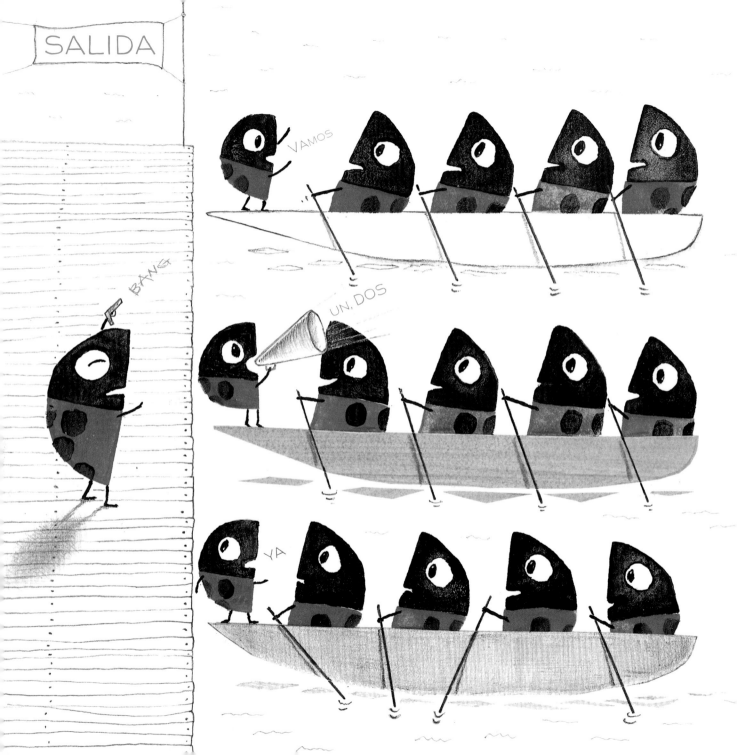

… timonel de remo de Cuatro, peso ligero.

Igor guía el bote rojo y marca el ritmo.

¡Bang! Suena el disparo de salida.

—Un, dos… Un, dos… —grita Igor por el megáfono.

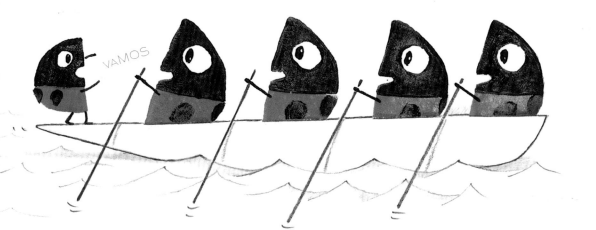

—Un, dos. Un, dos.
A media regata, el bote blanco va en cabeza.
—Un, dos. Un, dos —exclama Igor cada vez
más rápido.
—Un-dos-un-dos-un-dos…
Los remeros reman al ritmo que marca Igor.

¡Y funciona! El bote rojo cada vez está más cerca.
—Un-dos-un-dos —anima Igor a sus remeros en el
tramo final.
¡Y adelantan al bote blanco!
¡Ganan la regata en el último segundo! Gracias a Igor.

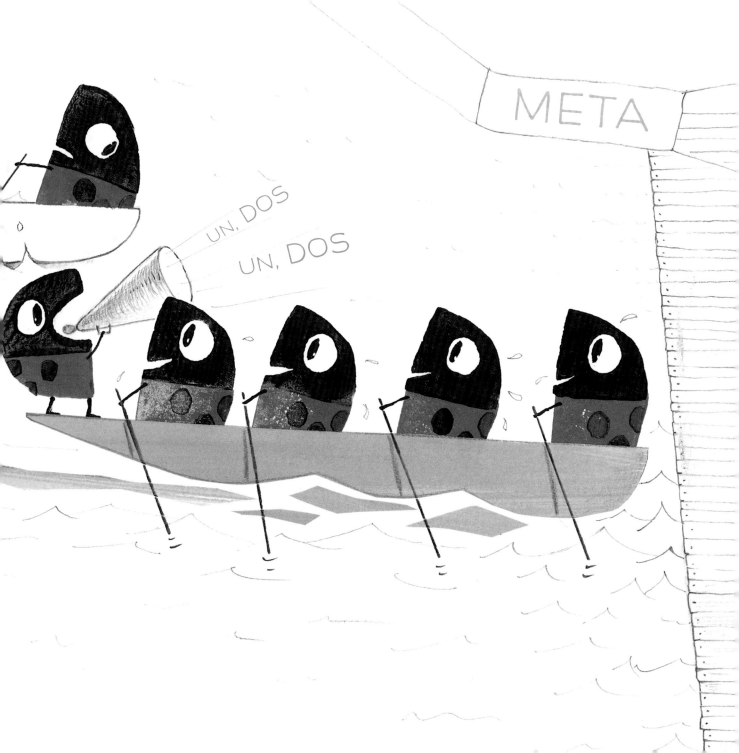

En la ceremonia de clausura todos cantan la Canción de los Minijuegos.
Entonces Igor y el resto de los atletas reciben sus medallas.
—Participar en los Minijuegos es más importante
que ganar —recuerda el presidente a todo el mundo.

—Lo sé —dice Igor—,
porque si no participas,
es imposible ganar.

Canción de los Minijuegos

¿Eres alto, bajo o mediano?
¿Te crees el mejor corredor?
Entonces no pierdas el bus
y compite en los Minijuegos,
porque el deporte es salud
y jugar un pasatiempo.

¿La gimnasia te hace gracia?
¿Te encanta nadar en el mar?
Entonces no pierdas el bus
y compite en los Minijuegos,
porque el deporte es salud
y jugar un pasatiempo.

¿Te gustó jugar a ping-pong?
¿Das saltos por todo lo alto?
Entonces no pierdas el bus
y compite en los Minijuegos,
porque el deporte es salud
y jugar un pasatiempo.

Igor, Campeón de los Minijuegos

Título original: Igor Stippel kampioen
Primera edición: febrero de 2016

Publicado originalmente en Bélgica y Países Bajos en 2013
por Clavis Uitgeverij, Hasselt-Amsterdam-New York.
© 2013 texto e ilustraciones Clavis Uitgeverij, Hasselt-
Amsterdam-New York
Todos los derechos reservados
© 2016 Thule Ediciones, S.L.
Alcalá de Guadaíra, 26, bajos - 08020 Barcelona

Director de colección: José Díaz
Dirección de Arte: Jennifer Carná y Juliette Rigaud
Maquetación: Juliette Rigaud
Traducción: Alvar Zaid

ISBN: 978-84-15357-86-5
D. L.: B 28422-2015
Impreso en Índice, Barcelona, España

www.thuleediciones.com

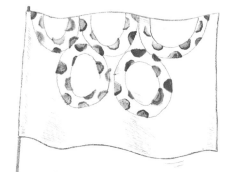